J. DODY

RIMES ABSCONSES

MARSEILLE

IMPRIMERIE ÉCONOMIQUE DOUCET

19, Rue de la Providence, 19

1893

J. DODY

RIMES ABSCONSES

MARSEILLE

IMPRIMERIE ÉCONOMIQUE DOUCET

19, Rue de la Providence, 19

—

1893

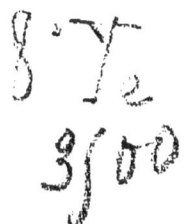

I
Liminaires

Ceci n'est point une lascive Cantilène
Mièvre, et se recordant où l'on s'arrêterait
Avec l'essor usité poussant son haleine
Plus loin, et si gracile, que l'on ne saurait
Démêler si ce n'est la mièvre Cantilène.

Aux aubes coutumières ne s'est point trempée,
Non aux nids gazouilleurs, non plus à la chimère;
Ainsi que toujours suivant sa route, et trompée,
L'Inentrevu qu'elle poursuit, poursuite amère,
La ramène avec l'aile abattue et trempée.

D'autres assez, l'œil tourné vers la vagabonde
Florescence aux envolements prestigieux
Vont, cohorte ; mais toujours, hélas où n'abonde
En le champ fauché plus le moissonneur joyeux,
Quand vient l'automne, mais la chèvre vagabonde.

Emmi l'enroulement berceur des rimes grêles
Le Voulu, transparence adhésive, et s'effrite
Avec un bruit comme au ciel nuageux les grêles,
Et plus dans les fonds que l'on sonde ne palpite
L'endormeur échevêlement des rimes grêles.

Ainsi non plus la hiératique Cantilène ;
Ainsi quand le printemps sourit parmi les branches,
Quand en passant la brise assoupit son haleine,
Quand fleurent les lilas, quand naissent les pervenches,
Plus jamais n'entendrons la mièvre Cantilène.

Va, marche toujours, ô Poëte,
Marche sans détourner la tête,
Que t'importe que l'on t'accuse,
Laisse clamer la turbe obtuse.

Laisse ricaner la gent vile ;
Vers ce but, proclamé futile,
Les reins ceints, bandés pour l'effort,
Marche d'un pas de lutteur fort.

Besogne assumée et auguste,
Recherche inquiète du juste,
Lent défrichement de l'idée,
Zône stérile fécondée.

Oint pour la tâche rude et sainte,
O poëte, marche sans crainte,
Marche toujours, plante au pilastre
Ton fanion aux clartés d'astre.

Laisse clamer leurs cris inanes ;
Ils grouillent, eux, et toi tu planes.

Le Symbolisme, avec la première musique,
Fut chez les primitifs et les initiaux,
Hébreux, Chinois, Kymris, Indous. Le monde antique
L'entendit vagir dans chacun de ses berceaux,

Dans les Walhalas roses, dans les bleus Edens,
Appollo le chante sur son luth tétracorde ;
Au bord de l'Eurofas le pâtre grec accorde
Sa lyre, et répond aux mages assyriens.

Ainsi, des bords du Gange aux rives armoriques,
Sereine, s'épandait l'universelle voix.
Mais voici qu'un beau jour certains hommes obliques
Ont surgi tout à coup, comme des loups d'un bois,

Et puis, en remuant la bêtise féconde,
En entassant le Crétinisme-Pélion
Sur l'Ignorance-Ossa, ces hommes-là se sont
Fait une citadelle énorme comme un monde

Et se sont écrié : « C'est nous, et non les autres
Qui possédons l'Art vrai ; voyez, nous en vendons ;
Les produits de notre boutique sont seuls bons ;
On ne doit prier Dieu qu'avec nos patenôtres.

Venez, c'est nous les bonzes, nous le grand rabbin ;
C'est nous, voyez, nous sommes habillés de lin ;
La vérité ne git qu'en nos temples, allons,
C'est nous qui critiquons, jugeons, réglementons.

A nous les Arts Poétiques et la censure !
Nous avons l'hiatus, nous avons la cœsure,
Le rondeau, la ballade et le poème épique
Et le mode Ionique, et le genre lyrique,

Et le genre badin, et le genre sévère,
Règle de vraisemblance, et règle d'unité,
Et tout cela rangé, classé, numéroté,
Etiqueté comme les casiers d'un notaire.

Et si jamais quelqu'un nous résiste, imprudent,
Que Phœbus-Appollo, Dieu dont l'arc est d'argent,
Disperse sa poussière aux quatre vents du ciel,
Et qu'on vienne après dans son champ semer du sel. »

Et voilà longtemps que ces Pontifes-Bobêches
Sont à nous flagorner de cette façon-là ;
Et nous n'avons pas fini d'écouter leurs prêches,
Leur temple est encore debout, *stat mole sua.*

Vermicules chétifs, ils se sont cru Titans,
Et dressés sur leurs pieds, lorgnant d'un œil strabique
Le flambeau qui brillait aux cieux irradiants,
Ils ont voulu l'éteindre avec leur souffle étique.

Allez, les vermoulus, courage les grotesques !
Allez, partez en guerre et tirez vos grands sabres,
Légions, contractez vos faces simiesques,
Vieux classiques comateux à figures glabres.

Romantiques redondants, ô momifiés,
Truculents naturalistes, pontifiez
Vendeurs du temple ; aspics, sifflez ; hurlez, cabale ;
Zoïle compère avec Héliogabale.

Egosillez-vous à brailler vos anathèmes ;
Brandissez votre foudre en carton, répulsifs.
Criez Haro sur nous ; allez, pharisiens blêmes,
Allez, vitupérez les apôtres pensifs.

Grimpez, o Turlupins, o charlatans de foire,
Sur les hirsutes flancs de l'âpre promontoire,
Appêtez le sommet où brille dans le ciel
Comme un phare éclatant, l'Art immatériel.

Poussifs, écorchez-vous les mains et les genoux ;
C'est en vain, croyez-moi ? la mamelle-Nature
Ne vous donnera pas son lait pour nourriture ;
Isis ne lèvera pas son voile pour vous.

En vain vous vous glissez dans sa couche pudique
Pour saisir la Vierge-Poésie en vous bras,
En vain vous l'entourez d'une étreinte sadique,
Vos invirils coïts ne la fécondent pas.

II

Intimes

De plaisir et de douleur
Baiser, symbole et stigmate,
Baiser, multiple arômate,
Baiser de toute couleur.

Baiser bleu clair du baptême,
Baiser rose de l'aveu,
Baiser de la lèvre en feu
Rouge, et Baiser noir suprême.

Baisers mi–bleus et mi–rouges
Des pages aux jouvencelles;
Baisers bistres des pucelles:
Baisers violets des gouges.

Baiser blanc couleur d'aurore
Des fiançailles, promesse ;
Baiser du prêtre à la messe,
Gris, sur la lèvre incolore.

Aux pentes des Golgothas
Baisers verts que Magdeleine
Exhale avec son haleine ;
Baiser jaune de Judas.

Baiser pourpre du remords
Semblable au Baiser de fièvre,
Et Baiser à bout de lèvre,
Blanc mat, sur le front des morts.

Aucune ne m'aima de celles que j'aimais.
Pourtant, ô que souvent, dans mes bras enlaceurs
J'ai cherché follement, sans réussir jamais,

A l'allumer, flambeau mystique des douceurs,
Au fond des yeux pâmés l'étincelle attendue
En vos cœurs indiciblement chastes, ô sœurs.

Elle n'a point brillé l'étincelle attendue,
Et dans le lent rancœur inerme et décevant
Même cette espérance, hélas, je l'ai perdue.

O que cruel est donc, et triste, de souvent
Tenter le recommencement des choses sues,
Suivre la même route, et s'arrêter devant

Le même mur, borneur d'espérances déçues.
Et pourtant, tout dolent, mon cœur encore vibre,
Quoiqu'inerte des désespérances reçues ;

Encore il sent en lui tressaillir chaque fibre.
O de tous ces liens infimes et charmeurs,
De ces liens brisés quand sortira-t-il libre ?

Aux luttes berceuses où peu à peu je meurs,
Ces calices d'amour qu'à vos lèvres j'épuise,
Pourquoi me grisent-ils, calices endormeurs ?

Pourquoi suis-je grisé, sans que cela vous grise ?

Non, plus ne faut aux bras de celles que j'aimais
Chercher l'illusion des rêves enlaceurs.
Etreinte, encor que douce, complète jamais

Hélas ! et jamais de lendemains de douceurs
Après l'extase, mais l'amertume attendue
Et retrouvée au fond de vos baisers, ô sœurs.

Donc, puisque ne doit point l'étincelle attendue
Hélas, jaillir enfin de l'effort décevant,
Scellons d'un cachet noir l'espérance perdue.

O cœur si mortellement triste, et si souvent
Meurtri, ne recommence pas les phases sues
De ton calvaire, et ne marche plus au devant

Des longs rancœurs et des espérances déçues.
Si malgré tout tu sens que quelque chose vibre
Toujours en toi, malgré les atteintes reçues,

O cœur, cœur insensé, écrase chaque fibre
Pour t'arracher enfin de ces liens charmeurs,
Que coule tout ton sang s'il le faut, et sois libre.

O cœur, cœur insensé, qui souffres et qui meurs,
Que plutôt tout ton sang se répande et s'épuise,
Plutôt que t'avilir aux charmes endormeurs

Au charme maudit qui t'ensorcelle et te grise.

Loin des hommes,
Loin des lieux
Où nous sommes,
Aux flots bleus
Où vont, vagues,
Mes pensées
Par les vagues
Balancées,
L'Ile clôse
De mon rêve,
Surgit, rose,
Sur la grève,
L'Ile d'or
Où vit celle
Que j'appelle
Mon trésor,

Un été
Sans automne
Y rayonne
Enchanté.

Aux portiques
Du palais,
Hiératiques
Passent les
Noirs eunuques,
Cheveux ras,
Sur leurs nuques
Coupés bas.
Ils vont glabres,
Renfrognés,
Leurs grands sabres
Aux poignets.

Quand ma reine
Le matin
Se promène
Au jardin,
Elle a, graves
Sur ses pas,
Des esclaves
Au front bas,

Souveraine,
Sur les dalles
Elle traine
Ses sandales,
Sa ceinture
Dont la soie
Qui s'azure
Se déploie ;
Un rayon
Pur se joue
Sur sa joue
Sur son front ;
Ses compagnes
Ont des pagnes
Diaprés
Et dorés.

Je défie
Qu'on me die
Quelle rive
Fugitive,
Quel flot baigne,
Enchanté,
L'île où règne
Ma beauté.

Car c'est l'île
Du mystère ;
Inutile
Sur la terre
De vouloir,
Cette grève,
La revoir,
Sauf en rêve.

Ainsi donc tout, cœur, sàng, chair, vie ardente, flamme,
Le corail de tes lèvres, l'or de tes cheveux,
Le marbre pur et compact de ta chair de femme,
La profondeur limpide et douce de ton âme,
Tout ce que j'ai perdu, tout ce que je reveux,

Le poème épelé de ton beau corps sans voile
Et le tact exquis de tes baisers parfumés,
Et le grand frisson chaud qui me prenait la moelle
Lorsque je m'avançais, mage allant à l'étoile,
Vers l'holocauste aux longs enlacements pamés,

Rien de cela ne serait plus, et sans survie
La mort blême aurait tout pris en ses maigres bras ?
Sans rien dire tu l'eus, cette goule, suivie ?
Entière et sans retour tu me serais ravie ?
Possible, telle chose ? Allons donc, que non pas !

Oui, le long des jours uniformes et moroses,
Le cœur lamentablement vide, ô ma perdue,
Je vais, et l'âme lourde, au cours banal des choses,
Mais me restent les nuits, les nuits aux songes roses;
Les nuits te sont toujours ; les nuits tu m'es rendue.

Tes lèvres sont plus pâles, mais douces encor :
Dans les nuits d'été, que baigne la lune claire,
Ses rayons font un nimbe à tes longs cheveux d'or,
Quand ta forme adorée et pure, ô mon trésor,
Passe, fantômatique, en l'orbe sublunaire.

En la saison douteuse où décroissent les jours
L'âme, du moins ainsi pour moi, s'en va toujours
Et plus encore débridée, en des séjours

Non pas réels, non plus tout à fait chimériques,
Préexistants pourtant, comme des Amériques
Luisant devant les caravelles Ibériques ;

Non pas hâtive remembrance, ni remous
Sur l'air qu' ô mon passé taciturne, tu mouds
Comme sur une serinette aux accords mous,

Mais large souvenir un peu mélancolique,
Comme fleur desséchée en une majolique,
Au relent atiédi d'encens catholique ;

Et là, écoute mon âme un très-lent sirvente,
Très-doux et très-berceur, comme en mer, quand il vente
En dit le vent en passant sur la nef mouvante.

Odeur de bon fruit mûr, sucrée,
Qui fleure au satin de ta joue ;
Odeur plus sèche et plus ambrée.
De l'arrière nuque où se joue

La chevelure qui ruisselle ;
Odeur large et comme voilée
De la poitrine et, vers l'aisselle,
Plus forte, en la chair potelée,

Et plus affinée aux entours
Des deux seins, jumeaux promontoires,
Erigeant leurs sacrés contours,
Des seins drus et rigides, gloires.

Odeur légère qui se glisse,
Presqu'insentie, ès-rondeurs blanches,
Contourne au revers de la cuisse,
Serpente au galbe par des hanches

Desquelles saille et s'arrondit
Le ventre, aux flancs de marbre antique ;
Odeur douce qui s'atiédit
Aux replis du nombril mystique ;

De là la rondeur finissante,
Au temple qui garde la joie,
Enfin senteur toute puissante
Et fauve, qui fume et flamboie,

Odeur lourde d'encens, brûlant
Lentement aux trépieds d'Ephèse ;
Tout le poème ensorcelant
Des odeurs de femme, synthèse !

Ne me parlez de la face pour rien au monde ;
Elle est bêtement ovale où lourdement ronde,
Sans plus d'imprévu qu'une règle de syntaxe ;
Un axe au milieu ; de part et d'autre de l'axe
Se répercute inexorablement la même chose ;
L'endroit rose de droite est tout justement rose
A gauche, à la même hauteur, de même forme ;
La symétrie en sa platitude uniforme.

Mais le profil, ton fin profil, ô ma maîtresse !
Le profil jamais tout connu, source d'ivresse ;
Là, point de symétrie et point d'axe. En amant
Je te détaille, ô doux profil d'enchantement !

D'un côté l'épaisseur profonde au contour flou
Des cheveux, s'adoucissant vers les tempes où

La noirceur par degrés s'affine au blanc d'ivoire
Et que surmonte, en s'incurvant, la fuite noire
Du sourcil, arc bandé sur la teinte diffuse
D'ambre aux rechampis d'azur où sombre, confuse
La paupière, et le tout rehaussé par la nette
Et sèche découpure de la silhouette
Qu'avive le nez délicat, la bouche crue,
Et par en bas, dans l'ombre doucement accrue
L'effacement du cou noyé vers la poitrine.
O profil bien-aimé, silhouette divine !

Cheveux, parure, don, symbole, diadême
De cette reine qu'est la femme, je vous aime !
Les moments ne sont pas perdus qu'il faut passer
A vous enduire, peigner, friser et lisser.

Aux veuves vont, sur les tempes, les longs bandeaux
Eplorés, comme dûment leur cœur ; dans le dos
Des fillettes sied bien la tresse serpentine
Qui, comme leur petit cœur, sursaute mutine ;
Indociles, dansant sur le front, les frisettes
Encadrent à ravir le minois des grisettes ;
Sans la lourde toison qu'un coiffeur ordonna
Avec art, combien perdrait la prima dona !
Il n'est jusqu'à la matité couleur de cire
Des aïeules, où ne mette comme un sourire

Les cheveux blancs auréolant les vieux visages
Cheveux de femme, enchantement de tous les âges !

Cheveux d'homme, hôtes mal venus, gêne et laideur !
Calotte plate ou bien laineuse profondeur
Presqu'imperméable à la morsure du peigne,
Non plus souples et fins, mais grossiers et qu'imprègne
Un suint qu'il faut noyer dans des flots d'onguents,
Cheveux jamais domptés, toujours inélégants,
Que les instants sont dépensés de façon bête
A vous discipliner un peu sur notre tête,
Et que nous soupirons tous après le moment
Où délivrés enfin de l'éternel tourment
D'ennemis acharnés autant que domestiques,
Pur désormais de pommade et de cosmétiques,
Notre crâne, immaculé comme une banquise,
Etalera sa blancheur enfin reconquise.

Lente, une valse, de l'âme plaintive
Des violons s'exhale fugitive.

Montant de ton sein à ta lèvre pâle,
Ton souffle suit la valse qui s'exhale.

Au rythme, triste comme une pensée,
Tu t'abandonnes, doucement bercée.

De temps en temps un frisson te pénètre,
Venu de loin, comme du fond de l'être,

Et, comme un lac qui faiblement se ride,
Ce frisson fait luire ton œil limpide.

Puis un remou qui va s'élargissant
Jusqu'à saillir de ton sein frémissant

Et secouer tout ton corps qui se penche,
Et je te sens en mes bras, et si blanche,

Plus irréelle et plus légère aussi,
Te fondre dans l'étreinte, comme si

Tu t'envolais sur l'aile fugitive
De la valse qui s'exhale, plaintive.

En la flambante étendue où, par intervalles,
Les élytres éoliennes des cigales
Bruissaient, le soleil versait sur tes chairs pâles

Un étincellement magique d'ors anciens;
Tes cheveux, pailletés de roux vénitiens
S'enchevêtraient, en mêlant leurs rayons aux siens.

Jouant, tous voiles bas dans la grande lumière,
Ton corps avait encor la grâce printanière
Et décente, avec encor la pudeur première;

Et les oiselets qui suspendaient leurs chansons,
Se posaient pour te voir aux pointes des buissons
En clignant de leurs petits yeux, les polissons.

Le ruisseau jaseur qui clapotait sous l'érable
S'arrêtait pour former un miroir plus durable
Et garder plus longtemps ton image adorable,

Et même le vieux tilleul moussu et grondeur
Ne craignait pas de déroger à sa grandeur
En laissant neiger sur ton sein la douce odeur

De ses fleurs, qui se mêlaient à tes deux fleurs roses ;
Les saules aux bras flexibles prenaient des poses ;
Ainsi confusément l'âme éparse des choses

Se penchant vers toi, par ce bleu matin d'été,
Et vers ta nudité divine, majesté,
Rendait hommage à ta souveraine beauté.

Que veux-tu donc, toi, cœur jeune et franc, et sincère?

Je veux une main douce à moi, et que je serre ;
Je veux un cœur naïf et tendre à mon côté ;
Ainsi toujours aller avec tranquillité
Tout le long du destin qui m'attend sur la terre.

Et donc à toi, que te faut-il, cœur fort et fier?

Je veux entre mes bras sentir crier la chair,
Je veux des extases hagardes et des fièvres,
Je veux l'enlacement ardent, lèvres sur lèvres,
Doux comme un baiser, et, comme une larme, amer.

Et toi, cœur triste en l'attente désespérée ?

De retour, triste, de l'étreinte désirée,
Je pleure, sans les revouloir, les jours perdus ;
Et ce n'est que vers toi que mes bras sont tendus,
O Mort, la si tardive et la tant implorée !

C'est très-drôle,
Ma parole,
Chaque femme,
Toujours clame
Instamment,
A l'Amant,
Pour qu'il dise,
O sottise,
Un banal
Madrigal.
Un poisson
Hors de son
Elément
Sûrement
Peut, à sec,
Vivre avec

Moins d'efforts
Que femme hors
L'Atmosphère
Coutumière
Du poncif
Laudatif.

Je me risque
Donc, et puisque
C'est ainsi,
Allons-y.

Véronique
Est unique ;
· Paméla
Est bien la
Jouvencelle
La plus belle
Qu'on rêva ;
Pour Eva,
C'est un ange.

Ma louange
S'évertue,
Perpétue,

A décrire
Ton sourire.
Antoinette
Est parfaite.
O ma Rose,
Mon chien rose !
Joséphine,
Ma divine,
Mon chou bleu !
On n'en peut
Trouver une,
Blonde ou brune,
Plus jolie
Qu'Emilie.
Près ou loin
N'en est point
Qui dégotte
Ma Charlotte.

Vive Adèle !
La plus belle
Ici-bas
N'atteint pas
Ta cheville,
O Camille.
Pas possible

Que loisible
Soit, ô ma
Douce Emma,
De prétendre
Que plus tendre
Et plus fin
Chérubin
Puisse vivre.
Je m'enivre,
O Ninon,
Mon trognon,
Et te serre
Très-sincère.
Vaugelas
Ne t'a pas
Enseignée
Ma Renée,
Mais pourtant
J'aime tant
Ton doux style
Si fertile
D'imprévu.
Rien n'ai vu
Qui confine
A Delphine ;
Et je nie,
Virginie,

Qu'il soit rien
D'aussi bien
En ce monde,
O ma blonde,
Que tes yeux.
Mes aveux,
Madeleine,
O ma reine,
Vont vers toi.
O crois moi,
Point ne blague,
Ni divague,
En disant
Séduisant
Ton sourire,
O Palmyre.

Ces paroles,
Mes idoles,
Sont toujours
Sans détours.
Le serment
De l'amant
Pour vous plaire
Est sincère ;

C'est connu,
Convenu ;
Cela vous
Paraît doux ;
Moi de même
Qui vous aime,
J'acquiesce
Et me laisse
Entraîner
A donner
Des louanges,
Des noms d'anges ;
C'est très-bien,
Changeons rien.

O ma dodue et grassouillette,
Encor que si rigide, fête
Des yeux, des mains, de tous les sens !
O vagues lourdes que je sens

Onduler sous ma main qui quête,
O sur la poitrine replète
Triomphe des seins bondissants,
Ampleur chaude des reins puissants,

Majesté superbe des hanches,
Chairs adorables, ô chairs blanches,
Enveloppement caresseur,

Rotondité ferme des cuisses ;
Frôlement satiné, délices !
Joie et gloire du connaisseur !

Foin de la beauté grassouillette !
Celle que j'aime, que je fête,
Qui me tient mon cœur et mes sens
Celle devant qui je me sens

Petit comme un pauvre qui quête,
N'est point stupidement replète ;
Comme les chevreaux bondissants
Ses reins sont souples et puissants,

Pourtant graciles, et ses hanches
Se dessinent, sveltes et blanches,
En un fin galbe caresseur ;

Minces, mais musculeuses cuisses,
Etau doux, chaud, et fort, délices !
Joie et gloire du connaisseur !

Cœur fier au superbe hallali,
Ainsi qu'un lambeau loqueteux
Voilà que tu pends, affaibli !

Qu'ainsi te voilà souffreteux,
Flétri, pauvre cœur, et pâli ;
Te voilà donc comme si vieux !

Mais que s'est-il alors passé ?
Tu n'étais pourtant pas ainsi,
Vingt-Dieux, lorsque je t'ai laissé

Gaillard, flambant, tout neuf aussi,
Tu n'étais pas embarrassé ;
Tu n'avais pas d'autre souci

Que de chercher chaque matin
Gauche et droite, de ça, de ci,
Ta petite part de butin ;

Dieu merci, tu trouvais toujours,
Morceau rare ou menu fretin,
De suffisants semblants d'amours.

Enfin, ça boulottait, quoi donc ?
D'ailleurs, pourvu qu'on ait l'ivresse,
Qu'importe, a-t-on dit, le flacon ?

On peut changer ; chaque maîtresse
Complète l'éducation.
Celle-là, dis-tu, te délaisse,

Cherche ailleurs, mon excellent bon ;
Rien n'est là, je crois, qui te blesse.
Allons, console-toi. Hein ? — Non ?

Tu ne veux pas, cœur insensé !
Mon pauvre cœur endolori,
Eh quoi, serais-tu donc blessé ?

— Blessé de blessure mortelle ;
Hélas ! c'est pour une infidèle,
Las, las, que je suis tout meurtri !

Hélas ! Hélas ! vers l'inconstante
S'en va ma plainte pantelante,
Et elle, elle rit aux éclats.

Hélas ! tout le sang de ma veine
S'élance vers elle, inhumaine,
Et cela ne la touche pas.

Sur la poussière de sa route
Tout mon sang coule goutte à goutte,
Et elle poursuit son chemin.

Chacune de ces gouttes crie,
Leur cri de douleur infinie
Vient frapper son oreille en vain.

Hélas ! figé, mon sang s'arrête...
Elle ne tourne pas la tête ;
Las ! je vais mourir, désolé.

Je vais mourir, et la cruelle
Ne saura pas qu'est mort pour elle
Le pauvre cœur inconsolé !

Un soir, dans la paix profonde
Qui s'élevait de la terre,
J'allais sous la clarté blonde
De la lune solitaire.

Près de l'océan sans borne
Erraient mes pas taciturnes,
Quand j'entendis au ciel morne
Comme un vol d'oiseaux nocturnes,

Je levai la tête au bruit ;
Les bruits d'ailes se sont tus,
Et trois fantômes vêtus
De manteaux couleur de nuit

Sont descendus sur la grêve :
— « Suis-moi, me dit l'un des trois,
Parlant avec une voix
Vague comme dans un rêve,

Je suis l'Amour ; une flamme
Sur mon front prédestiné
Rayonne ; il n'est pas donné
De me connaître à toute âme.

Suis moi ; je te ferai naître
A des extases sans trêve ;
C'est moi seul qui fais connaître
Les paradis dont on rêve. »

— Mais moi, pendant sa harangue,
A sa figure flétrie
Je voyais sa lèvre exsangue
Et par les baisers meurtrie

Se crisper sous la douleur,
Et je voyais de son cœur
Le sang couler goutte à goutte.
Je lui dis — poursuis ta route. —

Alors; retirant son voile,
Le second vient à son tour.
Sur son casque au cimier lourd
Pour aigrette est une étoile ;

Il est vêtu d'écarlate,
Son œil reluit comme un phare ;
On croit, quand sa voix éclate,
Entendre un son de fanfare.

— « Viens, dit-il, je suis la Gloire ;
Sur le radieux fronton
Du temple de la Mémoire
Je peux inscrire ton nom.

Suis-moi, si tu veux connaître
L'avenir que tu rêvas ;
C'est par moi qu'on se rend maître
Du trône des Jéhovas.

Le mortel à qui je donne
Un asile à mon côté
Sous mon aile qui rayonne
Trouve l'immortalité.

Venez, soyez-moi fidèles,
Et je vous réserve à tous
Des réalités plus belles
Que vos songes les plus fous. »

— Mais moi, bien qu'il eut croisé
Ses deux bras sous sa poitrine,
Je voyais du sang rosé
Sur sa robe purpurine ;

Et sous la lente morsure
De la haine et de l'envie
S'élargissait la blessure
Par où s'écoulait la vie,

Et je voyais chanceler,
Bien qu'il gardât l'air tranquille,
Le colosse aux pieds d'argile ;
Je dis : « Tu peux t'en aller,

Je ne te veux pas pour maître. »
Alors le dernier fantôme
Me dit : « Quant à moi, jeune homme,
Je n'ai rien à te promettre.

L'amour n'est rien qu'un mot vide,
Une honteuse faiblesse ;
Ma lèvre n'est pas avide
De l'âcreté que lui laisse

Le baiser le plus tentant ;
Et la Gloire et ses ivresses,
La Gloire qui promet tant
Et tient si peu ses promesses

N'est qu'un rêve décevant,
Une illusion fort bête ;
Lorsque je passe devant
Je ne tourne pas la tête.

Je laisse la Gloire aux sots
Et les tracas qu'elle entraîne.
Les bras croisés, les yeux clos,
Indifférent où me mène

Le courant de l'existence,
Je me laisse vivre ainsi,
Sans regrets et sans souci ;
Mon nom est la nonchalance.

Suis-moi donc ; la vie humaine
N'a rien qui vaille la peine
De vous tenir asservis ;
Suis-moi donc. »

    « Je le suivis. »

O les yeux bleus ! O les seins nus !
L'âme et la chair, vieux airs connus !   ·
Obsédantes, sempiternelles,
Grincent ces vieilles ritournelles.

L'amour, c'est une amère blague ;
Où prenez-vous ça ? c'est bien vague.
C'est une invention qu'ont faite
Le romancier et le poète ;

Il compose la contexture
D'une foule de gros bouquins
Et peut se trouver chez d'aucuns
Qui l'ont puisé dans la lecture ;

Mais point aux sources naturelles
Et préexistantes aux âges ;
Voyez chez les anthropophages
S'ils font des sonnets à leurs belles.

Mais l'autre, l'amour naturel,
Le spasme ? Il est incontestable
Que cet amour est bien réel,
Qu'il est même assez agréable,

Qu'il remonte en réalité,
Comme l'usage des festins,
A la plus haute antiquité.
Tous ces faits sont des plus certains ;

Mais je n'y vois pas, je vous jure,
Motif à chanter des églogues ;
Il est des plaisirs analogues
Que notre intestin nous procure.

Cela de même vous délivre
Et vous cause un soulagement.
Est-ce que vous faites un livre
Pour chanter cet événement ?

Le grêle, qui, sur sa poitrine peu bombée,
Sent s'infliger le heurt calleux du dur-à-cuire,
Plus ne va s'occuper de l'effet à produire,
Mais du salut qu'il cherche par grande enjambée.

Plus ne s'essouffle en madrigaux, ni ne soupire.
Mais, emmasculé brusquement, comme impubère,
Cependant que la belle en éclate de rire,
Il fuit l'effleurement du coup de pied lombaire.

Oh ! que peu servent en matière féminine
Les talents dont nous sommes si fiers d'habitude,
Et que le cérébral disert fait piètre mine
Aussitôt qu'apparaît le mâle inepte et rude !

III

Banales

S'effare celui qui terre à terre broute
A mesurer les grands essors sidéraux.
Courte de temps, longue d'espace est la route
Qui conduit aux excelses sommets astraux.

L'Esprit culmine au-delà des hypogées,
Chevauchée à d'inconnus buts, et très-hauts,
Sur des lignes axiales prolongées,
Jusque plus loin que les zéniths boréaux.

Sur cette perpendiculaire infinie
Se spiralise l'Esprit omni-voyant ;
Alors à ses pieds consomme l'agonie
De la Matière, conforme au but seyant.

Juste agonie, et voulue en un mystère,
Qui s'élimine pour se fondre en l'essence,
Pour cet envolement pur et solitaire,
Apothéose synthétique, puissance

Bâillonnée et pourtant jamais arrêtée,
Revanche du Titan que l'on crucifie,
Aigle propitiateur de Prométhée
Qui dévore, pilori qui déifie !

O les vieux Bénédictins fouilleurs et hirsutes,
Bardés de noir silence aux longs labeurs inanes,
Poursuivant la jouissance intime, âpres luttes ;
O le combat corps à corps contre les arcanes !

L'étreinte lancinante et jamais assouvie,
Le Subtil, entrevu paradoxalement,
La surdité sous les clameurs foraines, hors la vie,
L'Au-delà contemplé dans l'annihilement,

Les longues nuits sans sommeil, les longs jours sans faim
L'espoir perdu qui ride, la douleur qui ploie,
Les dix ans, les vingt ans inféconds, puis enfin,
L'insaisissable enfin saisi, le cri de joie.

Çakia Mouni, vieux bonze que prôna
Schopenhauer en phrases insondées,
Je te trouve, o patron du Nirvhana,
Un fichu nom, mais de saines idées.

Je ne suis pas bien toute ta filière
Et je m'embrouille en tes déductions,
Mais ce que je retiens dans ton affaire
Uniquement, ce sont les conclusions.

La morale active est catégorique
Quand il s'agit de dire : fais ceci ;
Mais encore faut-il qu'elle m'explique
Clairement pourquoi je dois faire ainsi.

Eh bien, c'est son point faible. Si j'exhume
Ce qu'elle a commandé de positif,
On en pourrait remplir plus d'un volume ;
Mais si, quittant le mode impératif

Il lui faut rendre compte de la cause
De tous ses préceptes, presque toujours
On voit la vieille pédante morose
Se dérober et prendre des détours.

Mais si les morales sont indécises
Et même contradictoires parfois
Pour définir par des lois bien précises
Les choses qu'il faut faire, et les pourquois,

Il est un point qui demeure hors de cause
Et sur lequel toutes s'entendent bien,
C'est qu'il faut toujours faire quelque chose.
Toi, Mouni, tu nous dit : ne faites rien.

Et combien plus conforme à la nature
Humaine est ton précepte, o vieux Çakia !
Je ne suis pas jaloux, mais, je te jure,
J'aurais été fier d'avoir trouvé ça.

Oh oui, le Nirvhana, le grand calme, la nuit,
L'absence de toute couleur et de tout bruit,
Et de tout mouvement, et de toute pensée ;
Progressif enlisement de l'âme bercée.
Non plus les heures, marquant chacune un devoir,
Ni la lumière, qui force les yeux à voir,
Le changement, qui fait regretter ce qui passe.
Plus aucun jalon scandant le temps ni l'espace ;
L'uniforme identité du siècle et de l'heure,
Et l'affranchissement du Contingent qui leurre
Enfin réalisé dans l'Abstrait permanent.
La quiétude, sans lassitude, émanent
Du lent vacillement où sombre toute chose,
Le repos berceur, les bras croisés, l'âme close.

O le repos après toute étape charnelle
Franchie, o toi bonne paix, o paix éternelle !
Triomphale assomption de l'esprit du juste
De l'action brouillonne à la paresse auguste !

Enflant les catégoriquement clos débats,
L'Immane se retrouve au sein des phénomènes
Latents, et tels encor conçus, que ce n'est pas
Une fin, mais d'ironiques prolégomènes.

Car au fond de tout se retrouvent, inhérentes,
Les stupeurs corrosives encor que lucides
En l'éparpillement, et non pas différentes,
Mais toujours constellant même les cieux placides,

Constellant, ainsi que des éruptions rouges,
Les fournaises où s'élaborent les dictâmes ;
Et les écrasements que l'on dort dans les bouges
Pas plus n'apportent que, pour s'épurer, les âmes

Qu'il faut, pour épurer, hausser à des vaillances
Inaptes aux rancœurs morbides ambiantes ;
Et point ne se marie avec les chocs de lances
Comme en des chûtes veules on tombe, et glissantes,

Frappant du pied avec le thyrse dans la main,
Stabilisé par le concept inattendu,
Tératologique est mais, à tout prendre, humain,
De s'arrêter, médusé par le bras tendu

Qui marque la borne, et ne fait plus que tourner
En rond, comme, pour se mordre la queue, un chien,
Et dans ce cercle dérisoire séjourner,
Et, le mieux, de s'asseoir en ne regardant rien.

Sous le premier rayon d'Avril
Les vieux arbres, pleins de chansons,
S'égayent ; un parfum subtil
Et grisant, monte des buissons.

Dans le Luxembourg tout grouillant
Le vieux bohême décati
S'avance d'un pas vacillant,
La pipe aux dents, l'air abruti.

L'odeur des roses écarlates
S'allie à celle des lilas ;
Il marche, traînant ses savates,
L'habit à jour, les cheveux plats.

Sur sa figure famélique
Erre comme un défi suprême
Ce sourire mélancolique
Des vaincus, qui semble un blasphème.

A l'aise et fier sous ses guenilles,
Il vague parmi les allées
Où les rires des belles filles
Sonnent en cascades perlées

Pendant qu'un galant les poursuit
En leur contant des gaudrioles.
Mais des femmes, il s'en fout, lui,
Il en a soupé de leurs fioles !

Depuis dix-huit ans qu'il vadrouille
Il les connait, le décavé ;
Faudrait être une fière andouille
Pour croire que c'est arrivé !

Il a dit zut à la catin
Qui fut sa dernière maîtresse.
Ce qu'il cherche par ce matin
D'Avril, doux comme une caresse,

Par ce gai matin frémissant,
C'est un copain compatissant,
Un bon zig qui paye l'absinthe
Et garnisse la pipe éteinte.

Au fond, ce n'est point dans l'intensité des vœux
Que s'embryonne l'Action, bien consentie
Pourtant, et bien déjà prononcé le : je veux.
Vaine reste l'appétence, encor que sentie
Et que désespérement se bandent les vœux ;

Mais plutôt dans la réflexe impulsion de l'être,
Indéfinissablement autoexistante,
Quoique cahotique, et non pas apte à connaître
Certes encore, mais qui s'érige et qui tente
D'implanter le vouloir, bien présumé de l'être,

Es-limbes toujours fermés du Non Nécessaire,
Et traversés par les lueurs des hypothèses.
Ce, jusqu'au point où, déchrysalidée et fière,
Adulte, va profiler sur les exégèses
La Volition, terme au cycle nécessaire.

Le cocu fidèle n'est pas
Homme dont il faille médire.
Se heurte à son front jamais las
Le sarcasme bête du rire ;

Sur lui s'étalent, amorties,
Les épithètes ramassées
Dans le lourd stock des inepties
Qui refleurissent, ressassées.

Et pourtant, cet homme, il est brave,
Si c'est l'être que marcher sous
Les quolibets, timide et grave,
Et d'être lui seul contre tous.

Il est clément, en vérité
Puisque la clémence pardonne,
Il est bon, si c'est la bonté
Qui ne réclame pas, et donne.

Il est fort, si c'est la faiblesse
Qui s'enlise, veule, aux ornières
Communes, et qui suit la laisse
Des attirances coutumières.

Il va, tenace en l'espérance,
Et garde en son rêve incompris
La foi, même sans la croyance,
L'amour, même sous le mépris.

Victorieuse abjection !
Devant quelle, o oui, que rougisse
L'indigne de la notion
Auguste de son sacrifice.

Homme vrai d'amour, non de bas
Egoïsme, et vil, je t'admire.
Le cocu fidèle n'est pas
Un homme dont il faille rire.

Des entrailles des dieux jetés en un charnier
Voici que naît un Dieu flamboyant, le dernier
Des dieux, celui dont le règne monte et commence,
Le Dieu sombre des jours de deuil et de démence,
Né du sein des pourritures, et dont le vol
Enfin s'étale et s'élargit, le Dieu Alcool.

L'Alcool aux rêves fous, l'Alcool aux lueurs jaunes
Se fait un trône plus haut que les autres trônes ;
Dans la rouge clarté d'agonie où se rue
Ce mourant siècle, voici que se dresse, accrue
Sur le seuil, barrant l'avenir, barrant l'aurore,
La silhouette du Dieu morne qui dévore.

Eperdus, prosternés, le front dans la poussière,
Les hommes vont par myriades dans l'ornière
Du char de l'idole mauvaise dont les roues
Ont des lambeaux de chair avec de rouges boues,
Et les longs Hosannas clament sur le chemin
De l'Alcool tout-puissant, maître du genre humain.

Qui, le dos au feu et le ventre à table,
Farcit sa panse à gueule que veux–tu ?
Qui se couche dans un lit confortable
Et dort en rêvant au prochain menu ?
       Le bourgeois ventru.

Qui vague par la rue à la bise aigre ?
Déjeune de souvenir, et souvent
Dîne d'espérance et soupe de vent,
L'habit loqueteux et le cœur allègre !
       Le Poète maigre.

Qui dans le théâtre ou le restaurant
Chiffonne la catin qu'il accompagne,
Prodigue aux banquets les flots de champagne,
Aux femmes les rivières de diamant ?
       Le bourgeois galant.

Qui ne trouve souvent pour toute fête,
Pour seule maîtresse et pour volupté
Qu'à presser la têtine violette
Et flasque, que lui tend la pauvreté ?
    Le gueux, le poète.

La cervelle aussi trouble qu'un bourbier,
Des préjugés plein sa dure caboche,
Qui vit, le cœur plus rude qu'une roche,
Et le mufle plus viandu qu'un fessier ?
    Le bourgeois grossier.

Qui comprend les secrets que lui répète
Le brin de mousse, ou l'étoile des cieux ?
Dans l'infini qui plane radieux ?
Qui vit serein et debout sur le faite.
    Le divin Poète.

Indiciblement stupides sont les chevaux
Qui s'en vont cahin-caha par monts et par vaux
Encor plus bêtement qu'à l'abattoir les veaux,

Trébuchant sous le poids de fardeaux souvent lourds,
Soumis passivement aux conducteurs balourds
Qui ne sont gantés que rarement de velours ;

Alors que s'ils se montraient décidés, mais là
Bien décidés à n'agir qu'à leur guise, la
Victoire certaine leur resterait ; cela

Saute aux yeux. Le cavalier le plus raffiné
Que ferait-il contre un cheval déterminé
A lui désobéir jusqu'au bout, obstiné ?

Il commencerait par jurer comme un païen,
Puis le cravacherait ; cela n'y ferait rien ;
L'éperonnerait ; mais le cheval en a bien

Vu d'autres dans sa carrière de porteur fort.
Et comme de lui demander par trop d'effort
Cela l'abîmerait, le maître, dans son for

Intérieur, va songer à la perte sèche.
Il cèdera ; alors le cheval à sa crèche
Ira brouter tranquillement le foin qui sèche.

L'âne montre vraiment moins de stupidité ;
Il fait preuve par instant de velléité
De résistance contre un sort immérité.

Mais le cheval c'est le vrai portrait peu flatté
De l'omnimuscle résorbant la volonté,
Exploité, quoique prétendûment respecté.

Qu'il ait la peau blanche ou noire,
L'homme demande à bien boire
Bien manger, bien dormir, voire
Bien copuler, vieille histoire.

Pour tout humain, c'est notoire,
L'oraison jaculatoire
A la même trajectoire ;
Le celer est illusoire.

La chose qu'on a fardée
Sous le nom vague d'Idée
N'est qu'un instinct ; ce qu'on nomme

Aspiration, en somme
N'est jamais qu'un appétit.
Prenons-en notre parti.

Evoluant dans l'Atrium des nids burlesques,
Se guinde toujours la paradoxale goule,
Et s'édulcore des relents ossianesques,
Emphythéotisés par les gouffres où roule

Le fécond, l'innommé, le glauque parenchyme
Qui, béant, se jette aux attirances d'abîme,
Eructe, et se prélasse au-dessous des cieux morts.
Vaguent dans l'éther gris les lancinants accords

Des théorbes. Des voix se perçoivent, futiles.
Piétinent les maraîchers balourds dans les villes.
Les abattoirs rubescents penchent aux sentines.

Cela glapit. Le veau s'attache à sa têtine,
Et le mort tirant par les pieds le vivant bête,
Le vieux faucheur s'en va sans détourner la tête.

———

La poésie est l'Art à sa source estivale ;
C'est le vol d'aigle vers la lueur aurorale,
C'est le but resplendissant auquel on chemine,
Le puits humain d'où sort la Vérité divine.

C'est le prisme décomposant le rayon blanc
D'où l'entité sereine émerge et se répand,
Le centre énorme englobant tout, les Milieux
S'étendant jusqu'aux Bouts, vers les horizons bleus,

L'au-delà, le probable obscur, le noir peut-être,
Le cosmos, l'embryon d'où procède tout être,
Le fatidique alpha de l'Arcanon discret,

L'espace sidéral qu'on franchit d'un coup d'aile,
Au fond duquel se tient la Genèse éternelle
Dans l'émerveillement lucide de l'Abstrait.

Amour ! Sylla. Carybde éternel, drogue infâme !
Fiole de Locuste au fond vaseux, dictâme
Melliflu, nectar âpre à déguster, pilastre
Dont la cîme chenue a des flamboiements d'astre

Tandis que les crapauds noirs grouillent sur son pied.
Char de phaëton ou le vampire s'assied,
Sordide, avec ses tentacules venimeux,
Monstrueux Béhémot, Léviathan hideux !

Chose profonde, abîme ignoré ! Quand on entre
Dans la profondeur glauque inconnue à la sonde,
Le monstre vous plongeant sa griffe ignoble au ventre,

En retire le cœur, et dans le trou creusé,
Au milieu des caillots de sang extravasé,
Il y croupit, verdâtre, putrescent, immonde.

Absconse, gonflé de halètements d'alcôve,
Dans l'orbe irradié des rêves fulgurants,
Vibre le meuglement dolent des notes fauves
Et s'extasie emmi les longs soupirs mourants ;

Puis s'essouffle en épanouissements torpides
Idoine à la blancheur forte des grandes ailes
Vibratiles, et ronronnent les chanterelles
Au seuil énamouré des rhythmes illucides ;

Et, franchissant d'un bond les ariosos mièvres,
Chevauchant l'harmonique stridence des fièvres,
Se joue en se posant aux andantes graciles,

Et, déroulant autour des arpèges noueux
Les couleuvrines d'or des trilles indociles
Hulule un crescendo serein et monstrueux.

En vain, stérilisé par la griffe ancestrale,
Le Moi se débat sous son empreinte épaissie ;
C'est en vain qu'il se bande, et qu'il anhèle et râle
Pour se dédoubler de l'inaccepté Sosie.

Aux murs cent fois heurtés de sa prison claustrale
Poursuit l'illusion du dehors, insaisie
Et persistante, et le baptême d'eau lustrale
Qui doit dégager son idiosynchrasie,

Jusqu'à tomber enfin, ligotté par l'entrave,
Sous le fatal, poids plus lourd que la force d'homme,
Les bras mort, la tête béante, l'âme cave,

Sous l'évidence enfin de la stérilité
Incurable de ce qu'il nommait Volonté,
Produit avorté d'un orgueil fou, mot-fantôme.

Furieuse, vaguant parmi les cieux énormes,
La nimbe grise dont les boréales formes
Se cognent à l'infini, heurtée en tous sens
Par le yatagan des grands éclairs flavescents.

Violâtre, elle émet des ampleurs ronronnantes
Emmi les orchestrales langueurs ambiantes.
L'étreinte cyclonéenne des vents lascifs
Fait girer les grands arbres branchus, convulsifs,

Fouaillés jusqu'au cœur par le choc voltaïque,
Et la nuée, au ventre plein d'aquosité
Grêlifère, pissant soudain la trombe hydrique

Que fait sourdre sa vessie en l'immensité
Blafarde, et traînant comme des loques pendantes
L'effilochement des franges aquifluentes.

La nuit morne. Or, du sein ténébreux des arcanes
Voici que le Mage entendit saillir la voix
Grandiloquente, emmi les cadences inanes,
Qui dit : « O Barde auréolé d'avenir, sois

Le campanile aux volutes inaltérées
Où le rhythme naïf des roucoulements d'ailes
Balance le lacis des plaintes éthérées,
Recordant les entités immatérielles.

Au calice innommé des splendeurs liliales
Que vienne butiner l'abeille vagabonde
Et se fixent les lois inermes et spectrales.

Sois l'urne, le berceau que l'au-delà féconde. »
Or, à la voix d'en haut le Mage répondit :
« Je comprends. »
            Il fallait qu'il eût bien de l'esprit.

IV

Amères

Le poète qui va rêvant
Après les rimes éthérées
Poursuit l'idéal décevant
D'un bon commerce de denrées.

A son tour par la politique,
L'épicier est sans cesse hanté.
Il a, cet homme, un but unique :
C'est un jour d'être député ;

Car, fait digne d'être noté,
Il n'est personne qui ne pense
Avoir assez d'intelligence
Pour pouvoir faire un député ;

Ce n'est qu'un préjugé peut-être ;
Mais parmi ceux qu'on voit nommer ,
Rares, il faut le reconnaître
Sont ceux qui peuvent l'infirmer ;

Et c'est bien naturel, cela
Résulte en effet du fait même,
Car l'élu représente la
Majorité, c'est le système.

Or, je voudrais bien qu'on me dise
L'époque et la société
Où les gens atteints de sottise
N'étaient pas en majorité ?

Le fantassin qui va trottant
D'une démarche endolorie
Serait, pense-t-il, bien content
D'être dans la cavalerie.

Le manœuvre sur son échelle
Tempête, et regarde *in petto*
Son camarade de truelle,
Le maçon, comme un aristo.

Le barbier, rasant la pratique,
Sent s'extravaser son humeur
En voyant la claire boutique
De son voisin le parfumeur.

Le savetier, la chose est sûre,
Dans son échoppe prisonnier,
Sent une secrète blessure
En regardant le cordonnier.

Le bon bourgeois, tranquille et riche,
S'hypnotise, coagulé,
En voyant briller sur l'affiche
Le nom du ténor adulé.

Quant au ténor, presque toujours
Il nourrit le rêve enchanteur
D'occuper pendant ses vieux jours
Un cabinet de directeur.

L'humble modiste qui trottine
Regarde avec des yeux jaloux
Le clinquant de la cabotine
Dont le sort lui paraît bien doux.

La diva, qui n'est plus émue
Par les bravos de chaque jour,.
A le désir d'être promue
Mère de famille à son tour,

Cependant qu'ayant plein le dos
De la popote conjugale,
La bourgeoise donnerait gros
Pour devenir horizontale.

Chacun a la persuasion,
(Erreur commune bien qu'étrange)
Que changer c'est gagner au change.
De cela la conclusion

Irréfutable qui s'impose,
C'est de n'être rien ici bas ;
C'est le seul moyen de ne pas
Vouloir devenir autre chose.

Fiers, juchés sur leurs cavales dociles
A croupe luisante, à jambes graciles,
On voit au bois passer des imbéciles.

Fiers, juchés sur de très riches prébendes,
Très-gros légumes, on en voit des bandes
Occupés à danser des sarabandes.

Fiers, juchés sur des monceaux de louis d'or,
Autour de la Bourse on en voit encor
Qui des pauvres diables se moquent fort.

Fiers, juchés sur d'indigestes écrits,
On en voit aussi poussant de grands cris
Pour faire tourner les passants surpris.

Fiers, juchés sur des piédestaux divers,
On voit bien des sots dans notre univers,
A croire le monde fait à l'envers.

Chétifs, s'en vont les sans pain et sans veine,
Tous les meurt-de-faim, tous les vit-de-peine,
Ils sont légion, la terre en est pleine.

Chétifs, courbés sur des besognes viles,
S'en vont les miséreux le long des villes
D'un pas de troupeaux muets et dociles.

Chétifs, dans les champs, sous le grand ciel bleu,
Vont les sans-abri, les sans feu ni lieu,
Comme des fourmis à la queue leu leu.

Chétifs, passant devant les huis fermés,
Ils devinent des foyers allumés,
Et gémissent leurs ventres affamés ;

Chétifs, pour eux l'huis n'est jamais ouvert ;
Ce n'est pas pour eux qu'est mis le couvert,
Soir comme matin, été comme hiver.

Et cela dure ainsi jusqu'à la fin
Où, couchés dans le cimetière enfin,
Ils n'ont pour jamais plus ni froid ni faim.

Vous cherchez, dites-vous, une position ?
Votre cas m'intéresse, approchez, mon garçon.
Vous n'avez donc pas le moyen d'être rentier,
Ce qui, vous le savez, est le meilleur métier,
Et de vous balader le long du boulevard ?
Eh bien, mon jeune ami, montrez-vous débrouillard ;
Partez au Dahomey ; la fortune rapide
Vous attend, si vous êtes actif, intrépide.
— J'aime mieux voir tomber toutes cuites du ciel
Les cailles, que les plumer. — C'est trop naturel;
C'est donc un métier sans trop d'initiative
Que vous préféreriez, un métier où l'on vive
Non de son esprit, mais des sottises d'autrui ;
Ce n'est pas encor trop difficile aujourd'hui
A trouver ; voyons, si vous étiez médecin ?
— Certes, je le voudrais, monsieur, mais le latin

Et moi, nous fûmes toujours brouillés ; ce qui cloche
C'est que je n'ai pas le moindre diplôme en poche.
— Pas de diplôme, c'est au moins original
Par le temps qui court, mais ce n'est pas un grand mal.
Eh bien, que diriez-vous, jeune homme de vous faire
Journaliste ; écrire un feuilleton littéraire
C'est facile, il suffit que vous sachiez écrire
Assez rapidement. — Monsieur, je sais bien lire,
Et je déchiffre les affiches couramment,
Mais je n'ai jamais pu sonder entièrement
Tous les mystères dont l'orthographe est remplie.
— Vous pourriez bien être officier d'Académie,
Mais c'est un grade purement décoratif,
Et vous cherchez plutôt, je crois, le lucratif.
Diable, la question devient embarrassante,
Et ce que vous demandez là, mon cher, présente
Bien des difficultés dont au premier moment
Je ne m'étais pas aperçu complètement.
Si nous vivions encore au temps du moyen-âge,
Je vous conseillerais de vous mettre en voyage
Pour la Palestine, et peut-être qu'en chemin
Une chance ferait tomber sous votre main
Un royaume, ou tout au moins une Seigneurie.
Si nous étions encore à l'époque fleurie
Où pour faire fortune on allait à la cour,
Je vous dirais : mon cher ami, faites l'amour.

Aujourd'hui vous n'avez qu'un moyen héroïque ;
C'est, jeune homme, de vous faire homme politique.

*
* *

Il est peut-être un autre moyen, direz-vous,
    En mon escarcelle altérée
D'amener le doux tintement, ô combien doux !
    De la galette bienheurée.
Ne pourrais-je trouver une dot confortable
    Et simplement me marier ? —
— En soi l'idée est loin d'être déraisonnable ;
    Certes, cela peut s'essayer.
Mais alors, gardez-vous d'être le bon jeune homme
    Qui se couche bien sagement
Tous les soirs à dix heures, et qui reste comme
    Un bébé près de sa maman,
Qui, naïf, cherche à se débrouiller par lui-même
    Et croit avoir pris le bon bout
En travaillant, convaincu qu'être fort en thème
    Cela doit le mener à tout.
Oh ! celui-là, chacun en dit : « C'est un jeune homme
    Ayant le plus bel avenir,
Intelligent, travailleur, possédant en somme
    Tout ce qu'il faut pour parvenir. »

Et quand on a dit ça de vous, la chose est claire,
    Il faudra bien vous débrouiller ;
Si vous pensez qu'on vous aide en quelque manière,
    Mon cher, vous pouvez vous fouiller.
Donc, pas ça. Si vous m'en croyez, soyez bon drille,
    Faites consciencieusement
Le désespoir de votre estimable famille ;
    Montrez-vous parfait garnement :
Avec ostentation attrapez des culottes,
    Il en sera ce qu'il pourra ;
Montrez-vous savamment avecque des cocottes
    Dans des loges à l'Opéra.
A tous les racontars les plus extravagants
    Servez complaisamment de cible ;
Faites dans les mains des usuriers élégants
    Circuler autant que possible
Des faux billets signés de Monsieur votre père ;
    Ne payez pas vos fournisseurs ;
Enfin par tous les moyens cherchez à vous faire
    Un grand nom parmi les noceurs,
Alors de tous côtés s'élèvent des concerts
    De lamentation amère ;
De vieilles dames vont, se meurtrissant les chairs
    Et plaignant votre pauvre mère,
Disant : « Dieu, quel malheur ! un si charmant jeune homme
    Gâcher ainsi son avenir

De si sotte façon, quand il aurait en somme
     Tout ce qu'il faut pour parvenir.
Si par une faveur du ciel on rencontrait
     Une jeune fille assez belle
Pour le séduire tout d'abord, qui l'aimerait
     Assez pour le fixer près d'elle,
Dont la dot serait assez ronde pour pouvoir
     Le décider au mariage,
Peut-être resterait-il encor quelqu' espoir
     De le voir devenir plus sage ? »
Aussitôt pour trouver l'oiseau rare en question
     Mainte bonne âme déambule ;
Dans les coins les dévotes et les abbés vont
     En discret conciliabule.
Dieu sait d'autre part les yeux affriolés qu'ont
     Les fillettes les plus modestes
Quand à mots couverts le frère et le cousin font
     Le récit de vos faits et gestes ;
Tant et si bien qu'un beau matin, si vous voulez,
     Vous n'aurez plus qu'à cueillir l'offre
D'un plateau d'argent qui vous portera les clés
     A la fois d'un cœur et d'un coffre.
Et si vous avez eu la précaution sage
     De cocufier gentiment
Quelque très-illustre et très-puissant personnage,
     Vous n'aurez naturellement

Pas de plus chaud protecteur et d'ami qui mette
　　A vous obliger plus de soin,
Du coup, mon cher, voilà votre fortune faite,
　　Et vous pouvez aller très-loin.

D'aucuns vont, contant leur histoire
A tout venant, criant d'un ton
Très-lugubre et lacrymatoire.
Dans le marasme, à les en croire,
L'Art est tombé. Comment peut-on
Gober pareille balançoire ?
Fadaise pure, c'est notoire,
Et lyrisme de mirliton.

Voyons, tout d'abord, l'Art lyrique
Ne s'est jamais si bien porté ;
Un ténor est mieux appointé
Qu'un président de République.

Les basses, c'est incontestable,
Sont très-suffisamment rotonds ;
La ceinture des barytons
Atteint une ampleur respectable.

Ces gaillards trouvent le moyen
De damer le pion à des moines ;
Il faut trois ou quatre chanoines
Pour jauger un ténor moyen.

Opulentes et respectées
Les contraltos sont bien rentées ;
Les plus minimes dugazons
Ont des villas et des maisons ;

Il n'est si mince soprano
Qui ne possède à l'écurie
Un bon train de cavalerie,
Coupé, victoria, landeau.

Pour les comédiens, même aubaine,
Etat lucratif et flatteur ;
Le moindre d'entre eux se promène
En sapin, comme un sénateur,

Tous corrects comme des docteurs,
Très-bien nippés, gantés de clair
Comme des administrateurs
De banque ou de chemins de fer,

Replets comme des cardinaux,
Calés comme des journalistes,
Fêtés comme des généraux,
Décorés comme des dentistes.

Et les musiciens, s'il vous plaît,
En voilà d'autres qui pâtissent !
Sur le produit d'un seul couplet
J'en connais plusieurs qui bâtissent.

Le dramaturge à leur côté
N'est pas non plus déshérité ;
Avec un lever de rideau
Plus d'un s'est offert un château.

Si l'on ne trouvait pas, je pense,
D'autres amateurs, on pourrait
Fermer sans le moindre regret
Tous les bureaux de bienfaisance.

Les romanciers pareillement
Je ne crois pas qu'on ait compté
Sur eux pour le fonctionnement
Des dépôts de mendicité.

Les poëtes, c'est vrai, subissent
Un peu plus la rigueur du sort ;
Mais pour le travail qu'ils fournissent
Ils n'ont pas à se plaindre encor.

Et les peintres ! Il est futile
De rappeler le prix doré
Que par centimètre carré
Atteint la toile peinte à l'huile.

Tous ces gens ont tort de crier ;
Je trouve que dans leur métier
On n'a pas trop de mal, en somme,
A décrocher la forte somme.

Et les artistes, c'est certain,
Ne seraient pas tant à leur aise
S'il leur fallait gagner leur pain
En tournant des bâtons de chaise.

Dans un coin de l'immensité prestigieuse
Un petit globe suit sa course voyageuse.

Ce n'est pas un énorme et rutilant soleil
Emettant dans l'espace un flamboiement vermeil ;

Non plus une comète à la tête chenue
Chevauchant sur une parabole inconnue ;

Non plus une planète à l'Orbe monstrueux
Traçant, docile, son chemin vertigineux.

Non, ce n'est rien qu'une pauvre petite boule,
Sans éclat, sans grandeur, et qui sans cesse roule

Cahin caha sa trajectoire au court rayon
Comme un esclave qui tourne une meule en rond.

Sur cette inconnue, et modeste, et mince boule,
En regardant de près, on découvre une foule

De petits êtres singuliers et pullulants
Qui grouillent, avec de petits pas sautillants.

Ils ne peuvent, ainsi que l'aigle au vol géant,
S'élever d'un coup d'aile en l'espace béant ;

Ils ne peuvent, n'ayant ni nageoires ni queue,
Franchir les flots profonds de la mer vaste et bleue ;

Ils n'ont pas le jarret du cerf, ni la toison
De l'ours, ni la terrible griffe du lion ;

Ni la trompe et la dent de l'éléphant massif ;
Ils sont faibles et nus, sans moyen défensif.

Eh bien, ces avortons, infime et laide engeance,
Baptisant leur instinct du nom d'intelligence,

Se sont, de leur volonté propre, sans façon,
Promus tout bonnement rois de la création.

Tranquillement, sans s'épater de rien, en maîtres,
Ils discutent les lois des mondes et des êtres.

Je suis bien sûr que vous en trouveriez certains
(Et les plus admirés étant les plus crétins)

Qui prétendront avoir parfaite connaissance
De l'absolu, du vrai, du bien en son essence

Et mille autres sornettes de même nature.
Vous leur rigoleriez sur la caricature

Qu'ils n'en voudraient jamais, bon gré mal gré, démordre.
Vrai, rien que ça de pose ; ah, laissez-moi me tordre.

Vous avez sans doute entendu
Des gens qui causent politique.
Cela parait assez ardu :
La royauté, la république,

La licence, la liberté,
L'anarchie et le césarisme,
Le principe d'autorité,
Despotisme, socialisme....

De beaux vocables, Dieu merci !
Mais au fond c'est la même chose,
Et le problème que se pose
Tout gouvernant, est celui-ci :

— Faire suer le maximum
A la classique assiette au beurre
En provoquant le minimum
De plaintes de ceux que l'on leurre,

Des chétifs, qui sont légion,
Qui depuis que le monde est monde
Anhèlent au même sillon,
Courbés sur la glèbe inféconde,

Qu'on appelait anciennement
Serfs, et que nous plus pitoyables,
Avons promus tout récemment
Au grade de contribuables,

Volés, car ils sont misérables,
Trompés, car ils sont confiants,
Raillés, parce que lamentables,
Parce qu'éternels, patients.

Pour qu'un puissant garde sa place
Dans le cas d'une royauté,
C'est suffisant qu'il satisfasse
Un seul maître : Sa Majesté ;

Dans la république au contraire
Pour se maintenir aux parois,
Il faudrait qu'il pût satisfaire
Tous ses électeurs à la fois.

La principale conséquence
Est que sous le gouvernement
D'un autocrate, la puissance
Change de mains plus rarement.

Alors on peut plaider la chose
De deux façons : on peut prévoir
Qu'un gros légume qui dispose
Depuis quelques temps du pouvoir,

Quand il aura rempli ses poches
Et qu'il aura suffisamment
Pourvu ses parents et ses proches,
Finira nécessairement

Par rassasier sa fringale.
Les gouvernés, de leur côté
Pourront ainsi par intervalle
Goûter un repos mérité ;

Au lieu que dans les républiques
Constamment de nouveaux essaims
De futurs politiciens
Viennent au pouvoir, faméliques ;

Chaque fois trombe qui s'abat
Sur les contribuables, comme
La misère sur un pauvre homme.
Recettes, débits de tabac,

Places dans les sous-préfectures,
Dédoublement des divisions,
Postes d'inspecteurs (créations) ;
Tous veulent plus de confitures

Que de pain ; et dans sa fonction
A peine chacun d'eux se carre,
Derechef voilà qu'on prépare
Une nouvelle élection.

Après le dernier changement
Un autre changement s'approche,
Et les doublures de la poche
Se touchent lamentablement.

— Mais on peut prétendre au contraire
Que l'appétit vient en mangeant,
Et qu'un personnel moins changeant
Serait plus cher à satisfaire ;

Que qui détient l'autorité
Devient chaque jour plus vorace,
Et qu'on sent croître son audace
Par une longue impunité,

Que l'habitude donne aux Princes
Une descente de gosier
Qu'on ne peut vraiment exiger
Des personnages bien plus minces

Qui de nos deniers font ripaille.
Et qu'en somme leurs appétits,
Quoique nombreux étant petits,
Nous mettront moins tôt sur la paille.

— Dans ce débat contradictoire
Je n'interviens pas à mon tour ;
Je crois qu'en compulsant l'histoire
On trouve le contre et le pour.

Seulement, lorsque des messieurs
Très graves, usent leur salive
Pour discuter à qui mieux mieux
Sur l'excellence respective

De tel ou tel gouvernement,
Je me dis : ce n'est pas la peine,
Puisque jamais probablement
La bienheureuse assiette pleine

De beurre, ne sera pour moi,
Peu me chaut qui conduit la danse !
Et je m'en contre-bats l'œil droit
Avec le flanc gauche en cadence.

Un malade autrefois tua son médecin,
N'était Monsieur Grévy, il eût comme assassin
Péri misérablement en place de grève ;
Mais du moins il passa des jours peu fortunés
A fabriquer des chaussons et des cache-nez,
Là-bas, dans le pays où le soleil se lève.

Par contre, cet autre fait se produisit qu'un
Médecin tua son malade ; alors chacun
Des parents vint le remercier ; le brave homme
Accepta les remerciements les plus touchants,
Puis il empocha de beaux écus trébuchants
Et s'en alla, tout guilleret, serrer la somme.

Bedonnants sont assez souvent les Académiciens ;
Maigres, quatre-vingt-dix fois sur cent, les tondeurs de chiens.

Bedonnants sont les Ministres, gens d'importance grande ;
Et maigres, les soufreurs d'allumettes de contrebande.

Bedonnants sont les médecins après un certain âge ;
Maigres les marchands de vernis pour lustrer le cirage.

Bedonnants les banquiers après trois ou quatre faillites ;
Maigres communément les débitants de pommes frites.

Bedonnants sont parfois les Anglais qui vont dans les gares,
Et maigres les gentlemen qui ramassent les cigares.

Bedonnants les ténors saluant la foule idolâtre ;
Maigres, les ouvreurs de portières devant le théâtre.

Bedonnants déjà des clubmen qui vont dans des dog-cars
Maigres les aveugles clarinettant au pont des Arts.

Bedonnant souvent le Grand-Croix de la légion d'honneu
Maigre, presqu'infailliblement, le petit ramoneur.

Bedonnant l'Administrateur délégué, bonne place ;
Maigre Monsieur Gogo, bénigne et pullulante race.

Bedonnants les mastroquets et puissants dans leur canton
Maigres, les agités des cabanons de Charenton.

Bedonnants les vainqueurs des campagnes électorales ;
Maigres, les éclopés des campagnes coloniales.

La grande vertu de l'homme est la probité,
Et celle de la femme, c'est la chasteté.
L'inverse n'est pas vrai ; des hommes très-paillards
N'en sont pas moins entourés de tous les égards,
Et la femme de son côté, la chose est claire,
Peut sans qu'on s'en offusque être un peu carottière.

Donc, c'est la probité qu'il faut que je pratique.
Mais la probité, c'est affaire de boutique
Un peu ; si je la cherche absolue, intrinsèque,
Dans quel métier, voyons, pour peu que je dissèque
Les choses, la voit-on pratiquer pleinement.
Par exemple, les écrivains, premièrement :
La probité sévère et toujours écoutée
Ne leur tolère pas la pratique éhontée

Du plagiat ; mais à part cette exception,
Loisible leur est de jongler d'une façon
Très-fantaisiste avec la morale ordinaire ;
D'où le mot spécial : probité littéraire !

La probité des commerçants est si rigide
Qu'on en a vu parfois recourir au suicide
Plutôt que de laisser au jour de l'échéance
Des effets portant leur signature en souffrance.
Mais aucun d'eux ne sent le plus léger scrupule
A mettre dedans un acheteur trop crédule.

Quant aux financiers, gens d'argent, et leur sequelle,
Les choses que la probité professionnelle
Leur permet, chacun les connaît parfaitement ;
Ce qu'elle leur défend, se voit moins clairement.

Les gens qui font métier d'attendre au coin d'un bois
Les voyageurs, ont leur probité qui parfois
Dans un cas pressant, leur permet sans aucun doute
D'occire les passants attardés sur la route,
Mais ne leur permet pas de trahir un complice,
S'il advient qu'un jour ils soient traduits en justice
Par les gendarmes et par leur mauvais destin.

Et voyez le Juif, il n'éprouve, c'est certain,
A voler les chrétiens aucune répugnance,
Et bien loin que de ce sa probité s'offense,
Il s'en vanterait plutôt à l'occasion ;
Mais il se croit damné s'il mange du cochon.

Et les huissiers, robins et tous gens de chicane
Qui s'entendent si bien pour vous réduire en panne,
La probité leur défend naturellement
De fouiller dans votre poche directement
Pour s'en approprier le contenu, mais elle
Ne leur défend pas de déployer tout leur zèle
Pour procéder à ce transfert de la manière
Lente mais sûre, qui leur est bien coutumière.

En un mot cherchez bien ; vous verrez qu'ici-bas
Celui qui doit gagner de quoi vivre n'a pas
Le moyen d'exercer la probité parfaite,
Sans s'exposer à ce qu'un confrère se mette
A lui couper carrément l'herbe sous les pieds.
Cela non pas dans un, mais dans tous les métiers.
Il devrait en résulter en saine logique
Qu'en résumé le dilemne suivant s'applique :
Ou d'être un homme pas si probe que cela,
Ou bien de posséder des rentes. Mais voilà
Le chiendent ; on entend répéter d'autre part
Et publier que tout capitaliste, par
Le fait d'être capitaliste, est un voleur.

Sacrebleu, mais alors, quoi donc, mon Empereur ?

***

Et la chasteté : les religions l'ordonnent,
Les moralistes aussi ; les parents la prônent
A leurs filles, et parfois, épris d'idéal,
Des poètes l'ont chantée. Oui, mais c'est égal ;
Si vous exercez la riche profession
(Ce de quoi recevez ma félicitation)
De romancier pour dames, essayez, pour voir,
D'écrire un livre chaste, et vous aurez l'espoir
D'écouler le premier mille péniblement ;
Mais ne ferez monter le tirage autrement
Qu'à coups d'adultères, tellement la lectrice
La plus confite en vertu, prise au fond le vice.

Et puis, voyez, voyez les autres, foule accrue
Sans cesse et grouillant. Tout leur appartient : la rue
Et les passants, gamins sans poils follets, potaches
Barytonnants, monocle à l'œil, vieilles ganaches
Déambulant sur leurs quilles rhumatisantes,
Messieurs d'âge moyen, à bedaines naissantes.
Tous n'ont qu'à choisir, chacun trouve son affaire,
Pour tout prix, à toute heure, on peut se satisfaire,
Et l'ouvrage est très-proprement fait ; on en a
Pour son argent. Songez, Messieurs, ce n'est plus là
La languitude du baiser patriarchal
Qui se donne et se rend dans le lit conjugal.

Voilà les chairs savantes, et mieux assouplies
Pour les enlacements étranges, ameublies
Au fréquent effort des besognes exigées ;
Flancs toujours inféconds, vulves en vain gorgées,
Seins rebondis, sans lait, utiles seulement
Pour s'ériger sous les caresses de l'amant ;
Entraînement général parfait, performance
Spéciale des reins, pour que quand recommence
Le fréquent combat, le coup de reins magistral
Soit, sans trace de fatigue, toujours égal.

Que veut-on que la femme honnête puisse faire
Contre ce pot de fer, infime pot de terre ?
Et la ménagère pas fin de siècle, ayant
Encor ce préjugé naïf qu'il est seyant
D'aller acheter le dîner pour la marmaille
Et pour son homme, il faut voir ce qu'on la gouaille,
Et comme elle va baissant la tête, et se sent,
La chaste, secondaire et honteuse, en passant
A côté des non chastes, à qui vont toujours
Les regards et les hommages et les amours
De tous, du passant, du lecteur, du spectateur
Comme du romancier et du compositeur.

Il faut songer que la femme n'a pas en somme
A choisir entre un tas de métiers comme l'homme ;

Deux carrières seulement s'ouvrent devant elle :
Le mariage et la prostitution, de telle
Façon qu'il faut bien prendre l'une ou l'autre (Hors
De les prendre à la fois, ce qui se voit.) Dès lors
Entre l'avis de la vieille dame à lunettes
Qui conseille à ses filles de rester honnêtes,
Et l'exemple observé chaque jour qui dément
Un tel précepte si catégoriquement,
Il ne faut s'étonner si plus d'une, à part elle,
Estime que le jeu n'en vaut pas la chandelle,
Et, tout bien pesé, se décide un beau matin,
Très-raisonnablement, à se faire putain.

Tout va mal. Si tout n'allait pas tellement mal,
Peut-être pourrait-on espérer que le mal
N'atteindrait pas la limite où tout irait mal
Comme il nous semble qu'aujourd'hui tout aille mal.

Au contraire, si tout allait encore plus mal,
On pourrait espérer qu'à force d'aller mal
Un jour viendrait où, ne pouvant aller plus mal,
Tout cesserait d'aller de plus mal en plus mal.

Mais hélas ! je crois que tout va juste aussi mal
Aujourd'hui que tout a de tout temps été mal,
Et que, sans espérer ni moins mal, ni plus mal,
On verra constamment tout aller aussi mal.

Je dirai plus : ce n'est peut-être pas un mal,
Car nous ne savons pas si le mal est un mal,
Et peut-être d'ailleurs cela va-t-il moins mal
Juste quand nous croyons que cela va plus mal.

V

Terminales

Falot et tremblottant dans la brume du soir
Décroît le vieux Passé le long du chemin noir.
La lune ruisselle en un cintre, emparadise
Les vieux saints béants qui, sur les vitraux d'église

Eructent, blafards, éternellement figés.
Les arbres dépouillés par l'automne et rongés
Comme de rouille, n'ont plus sur eux de bruits d'ailes ;
Les spectres innommés s'effacent ; les chandelles

S'éteignent, les décors sont rangés en leurs lieux,
L'or de l'apothéose est noyé dans la brume.
Plus nul bruit ; la paix flotte ; au loin un toit qui fume,

Une chouette hulule, et tout là-bas le vieux
Porte-besace, avec son bâton dans la main,
Se hâte et disparaît au détour du chemin.

Les temps sont consommés ; le vieil Apocalypse
Flamboie au fronton noir ; déjà monte l'éclipse.
Le monument se désagrège en particule,
Et le juste inquiet gravit le monticule

Et sonde l'horizon ; en son cœur des effrois
Grandissent, se demandant ce qui vient. Les rois
retournent fréquemment la tête ; les prophètes
Vont surgir, grandiloquents, au milieu des fêtes.

L'Admis devient inadmissible. Le Connu
S'arrête, surpris d'être étonnant, comme vu
Pour la première fois. La course s'échevèle

Du vieux monde fourbu vers une ère nouvelle
Qui doit venir on ne sait d'où, mais qui viendra,
Et dont peut-être demain l'aube blanchira

Futura dans son pagne irisé dort pensive ;
Volute blanche éclatant dans l'aube lascive
En une flavescence où s'avivent les nards
Mystiques, aux trépieds des eunuques camards

Dont s'infligent les profils graves et boudhiques.
La jaspe du tissu frêle des mosaïques
Etoile l'arachnéenne splendeur des frises
En la torve pâleur des architraves grises.

Le triomphe de sa chair liliale éclate,
Resplendit en des tons de fanfare écarlate
Sur son ventre, hier fécondé, que gonflera

L'Inentrevu, fœtus de l'avenir sonore.
Blanche volute emmi l'aube versicolore,
Pensive en son pagne irisé, dort Futura.

Si, chose bien peu présumable,
Un lecteur, patient et fort,
A lu, d'un héroïque effort
Tout ce charabia du diable,

O lecteur bénévolissime,
Reçois d'abord mon compliment ;
Ensuite, permets seulement
Une observation minime ;

Si tú crois avoir pénétré
Grâce à quelque veine insensée
Les arcanes de ma pensée,
(Car c'est un cas bien avéré

Que plus d'une fois le lecteur,
Dans des vers ou bien de la prose,
Découvre mainte belle chose,
Que n'y soupçonnait pas l'auteur)

Si tu conmprends ce livre, adoncque
Il serait bien aimable à toi
De me l'expliquer, car pour moi
Pas un seul mot n'y compris-je oncque.

TABLE DES MATIÈRES

MARSEILLE — IMPRIMERIE DOUCET, 19, RUE DE LA PROVIDENCE.